F I E L D

Rabbit Palace

Elderberry Hedge

Eyebright Cottage

Weavers

Dairy

Mill

Laundry

Buttercup meadow

F I E L D

Cotton bilus.

The Voles House

where the wedding party ended up

THE
PRIMROSE WOOD

질 바클렘(Jill Barklem)은 영국에서 태어나 세인트 마틴 미술 학교에서 일러스트레이션을 공부했다.
바클렘은 자신이 태어난 에핑 숲을 모델로 이상의 세계, 찔레꽃울타리를 만들었다.
구성하는 데 총 8년이 걸린 찔레꽃울타리 시리즈는 뛰어난 작품성으로 전 세계에서 인정받고 있다.

겨울이야기

질 바클렘 글 · 그림 | 이연향 옮김

1판 1쇄 펴낸 날 | 1994년 10월 1일
2판 1쇄 펴낸 날 | 2024년 7월 30일

펴낸이 | 장영재 **펴낸곳** | 마루벌 **등록** | 2004년 4월 1일(제2004-000083호)
주소 | 서울시 마포구 성미산로32길 12, 2층 (우 03983) **전화** | 02)3141-4421
팩스 | 0505-333-4428 **홈페이지** | www.marubol.co.kr

KC인증 정보 품명 아동도서 **사용연령** 6세~초등 저학년 **제조년월일** 2024년 7월 30일 **제조국** 대한민국
연락처 02)3141-4421 서울시 마포구 성미산로32길 12, 2층 **주의사항** 종이에 베이거나 긁히지 않도록 조심
하세요. 책 모서리가 날카로우니 딘지거나 떨어뜨리지 마세요.

BRAMBLY HEDGE

겨울이야기

질 바클렘 글·그림 | 이연향 옮김

마루벌

한겨울입니다. 해거름이 되자 날이 더 추워집니다.
북쪽에서 불어오는 얼음장 같은 바람이 금방이라도
눈을 몰고 올 것만 같습니다.

찔레꽃울타리 마을 그루터기 깊은 곳 창문마다 등불이
켜지면서, 아주 작은 불빛들이 여기저기서 반짝입니다.

그보다 더 작은 불빛들이 저장 그루터기에서 나오더니, 서둘러 덤불 사이를 지나 뒤틀린 나무 밑둥에 난 구멍 속으로 들어갑니다. 곧 눈이 올 거라고 생각한 들쥐들이, 따끈한 저녁을 먹으러 벽난로가 있는 집으로 돌아가는 것입니다.

저장 그루터기를 돌보던 사과 할아버지는 맨 나중에야
집을 향해 나섭니다. 할아버지가 돌능금나무 집에 막
이르렀을 때 눈송이가 날리기 시작합니다.

"당신이에요?"

사과 할머니가 문을 열어 줍니다. 부엌에서는 맛있는
냄새가 새어 나옵니다. 오늘 오후 내내, 할머니는 추운
겨울에 먹을 빵과 과자를 만드셨거든요. 할머니는
안락의자 두 개를 벽난로 옆에 당겨 놓고 쟁반에
저녁을 차려 옵니다.

돌능금나무 옆, 자작나무 집이 떠들썩합니다.

아이들이 태어나서 처음 눈을 본 것입니다.

"야, 눈이다! 이건 **진짜 눈**이야!"

머위와 댕이가 찍찍대며, 창틀에 앉은 눈을 가득 떠서

누이인 나리와 싸리를 잡으러 식탁 주위를 뛰어다닙니다.

"식사 시간이다!"

네 개의 작은 그릇에 뜨거운 밤죽을 덜면서 엄마가
엄하게 말씀하십니다.

저녁을 먹고 아이들은 잠자리에 들었지만, 너무 좋아 도저히 잠을 이룰 수가 없었어요. 엄마 아빠가 방에 들어가신 것을 확인한 다음, 아이들은 침대에서 내려와 창 밖에 내리는 눈송이를 구경합니다.

"내일은 썰매를 타야지."

"난 눈과자를 만들 거야."

"그러지 말고 우리 눈쥐 만들자."

머위, 나리, 싸리는 신이 나서 말합니다.

"그럼 내가 쓰러뜨려 버리지."

댕이는 여동생들을 의자에서 밀어 떨어뜨립니다.

다음 날 아침, 덤불 밑에 사는 들쥐들이 깨어났을 때는
창문들이 반쯤 눈에 가려져 있었습니다. 부엌에 내려오신
사과 할머니는, 식탁 위에 올라가 발꿈치를 들고 밖을

내다봅니다. "어머나!" 할머니의 눈이 점점 커집니다.
오솔길과 덤불들이, 두껍고 하얀 눈이불 속으로 숨어 버린
들판은 너무나 아름답습니다.

　머위네 가족이 아침을 먹으러 내려왔을 때, 부엌은
아직도 어둡고 조용했습니다. 머위 엄마는 벽난로에 새
장작을 넣고, 나리에게 긴 꼬챙이로 빵을 굽게 합니다.
조금 뒤, 모두 식탁에 둘러앉아 따뜻한 빵과 나무딸기잎차를
마시며 오늘 해야 할 일들을 서로 얘기합니다.

눈은 생각했던 것보다 훨씬 더 많이 왔습니다. 갑자기 많이 내린 눈으로 들쥐 마을의 아래층 창문들은 모두 눈속에 묻혀 버렸고, 위층 창문들도 반쯤 가려져 있습니다.

들쥐들은 위층 창문을 열고, 이웃들에게 손도 흔들고 이야기도 나눕니다.

"눈 축제를 열어도 될 만큼 많이 왔지요, 할머니?"

머위 아빠가 사과 할머니에게 소리칩니다. '눈 축제'라는 말에 어린 들쥐들은 귀가 솔깃해집니다.

찔레꽃울타리 마을의 들쥐들은 저마다 현관 옆 선반에
삽과 지도와 밧줄 들을 얹어 둡니다. 아침을 먹고 난
들쥐들은, 나무들 사이에 굴을 파서 마을의 모든 집들을
잇고, 저장 그루터기와도 연결합니다. 머위와 댕이도
도우러 나왔지만, 눈싸움만 하는 바람에 집으로
다시 보내집니다.

마타리도 밝은눈 할머니 댁까지 굴을 뚫고 가, 벽난로에
불을 지펴 드립니다.
"이렇게 많은 눈은 아주 어렸을 때 보고 처음이야. 마지막
눈 축제는 내가 결혼하던 해에 있었는데, 그 축제를
기억하는 들쥐는 이 마을에서 이제 나뿐인 것 같아."
밝은눈 할머니가 한숨을 쉬며 말씀하십니다.
굴을 다 파고 나자 들쥐들은 시끌벅적 저장 그루터기
안에 있는 커다란 방으로 모여듭니다.

사과 할머니는 찬장에서 씨앗으로 만든 빵을 꺼내고,
도토리차를 한 주전자 끓이십니다. 모두 맛있게 먹은
다음 사과 할아버지 곁으로 다가앉습니다. 할아버지는
손을 들어 모두를 조용히 시키고 나서 입을 여십니다.
　"마타리와 나는 우리 조상들의 전통을 따르기로 했소."
　그리고 수염을 한번 쓰다듬고는 목소리를 점잖게
가다듬어 시를 읊어 내려갑니다.

　"흰 눈이 온 세상 덮은 날,
　들판은 고요히 잠이 들고.
　가지마다 하얗게 눈꽃 핀 날,
　밤하늘 별들도 덩달아 새하얗고.
　흐르던 시냇물 꽁꽁 언 날,
　눈 축제는 우리 가슴 녹여 준다오."

　"여러분, 오늘 밤 얼음 강당에서 눈 축제를 열겠습니다!"
　그러자 모두들 손뼉을 치며 즐거워합니다.
　"얼음 강당이 어딜까?"
　나리가 궁금해하자 사과 할머니가 말씀하십니다.
　"두고 보면 안단다. 우리 같이 축제 준비나 하자꾸나."

저장 그루터기 밖에는 눈이 산 같이 쌓여 있습니다.
마을의 어른 들쥐들은 그루터기 밖의 눈산이 얼음 강당을
만들기에 꼭 맞다고 생각하고, 먼저 단단한지 알아보기로
합니다. 사과 할아버지가 첫 번째 굴을 파 봅니다.

"아주 좋아요!"

할아버지는 굴을 반쯤 파고 들어가 소리를 칩니다. 그
소리를 들은 다른 들쥐들도 눈을 파기 시작합니다. 눈은
안쪽에서부터 팠으며, 파낸 눈은 수레에 담아 냇물에
내다 버립니다. 머위와 댕이도 다시 나와 열심히 도왔지만,
나리의 옷 속에 고드름을 집어넣는 걸 사과 할아버지한테
들켜 또다시 쫓겨납니다.

눈산의 가운데 부분은 조심조심 팝니다. 사과 할아버지는
지붕이 안전한지를 꼼꼼히 살피고 나서 외치십니다.

"저장 그루터기만큼이나 튼튼해!"

찔레꽃울타리 마을의 부엌들은 바빠집니다. 뜨거운 죽이
보글보글 끓고, 화덕 위에는 과일 과자가 먹음직스럽게 익어
갑니다. 나리와 싸리는 사과 할머니와 돌능금을 굽습니다.

하지만 사과 할머니는 돌능금을 자꾸 집어먹는 남자
아이들에게는 그냥 앉아서 구경만 하게 합니다.
"애들아, 먹는 건 좋은데 주스 만들 건 좀 남겨 둬야지!"

등불로는 반딧불을 쓰기로 합니다. 머위 아빠는 일찌감치 가시덤불 옆에 있는 둑에서 반디들을 불러옵니다. 밤새도록 빛을 내기 위해서는 미리 저녁을 충분히 먹여야 한다고 사과 할머니가 일러 주셨기 때문입니다.

저녁 먹을 시간쯤 되어서야 얼음 강당이 다 만들어집니다. 얼음 기둥과 얼음 조각이 청록색 불빛에 반짝였고, 강당 바닥은 매끈거렸습니다. 강당 한 옆에 식탁이 놓이고, 부지런한 요리사들은 자기네 부엌에서 만든 음식들을 바구니에 들고 들어옵니다.

아이들은 호랑가시나무로 작은 무대를 꾸미고, 땅 밑 저장방을 돌보는 까치수염 아저씨는 악단이 앉을 의자를 가져다 놓습니다.

준비가 다 끝나자, 들쥐들은 자신들의 솜씨에 흐뭇해하며 몸을 씻고 옷을 갈아입으러 집으로 돌아갑니다.

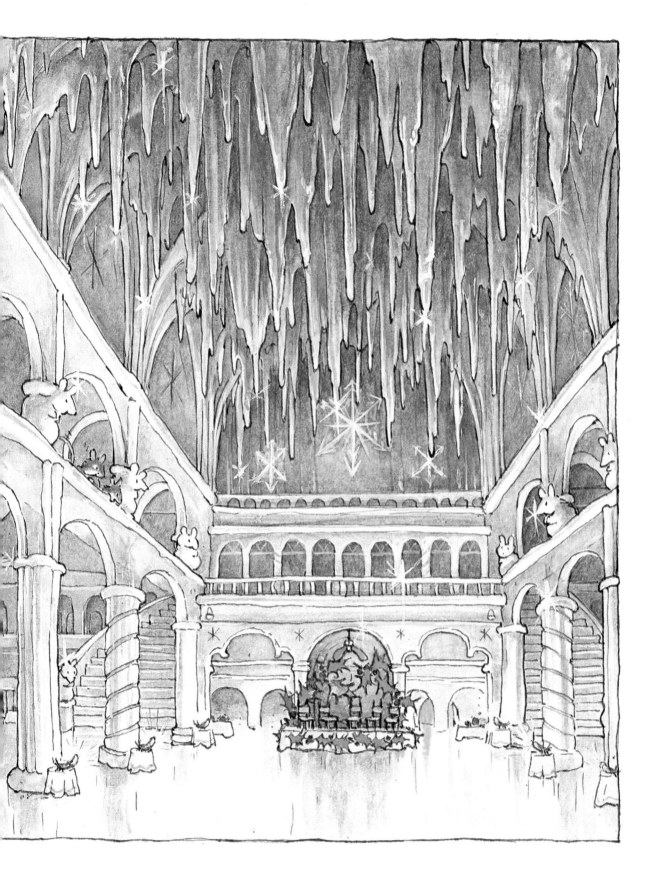

　외투와 목도리를 강당 문 앞에 벗어 놓고, 들쥐들은 모두
가장 좋은 옷을 입고 나타납니다. 머위와 댕이가 구경을
하기 위해 몰래 식탁 밑으로 숨어듭니다. 가끔 밑에서
작은 손이 올라와 과자를 집어 갑니다. 까치수염 아저씨가
바이올린으로 흥거운 곡을 켜자 드디어 춤이 시작됩니다.

곡이 빠른 데다 바닥까지 미끄러워 춤이 더 빨라집니다.
댕이는 누이들을 어찌나 빨리 돌리는지 발이 바닥에
닿을 틈이 없습니다.

　"나 어지러워."

　얼굴이 파랗게 질린 나리가 말합니다.

사과 할머니가 의자 위에 올라가, 냄비
뚜껑 두 개를 마주치며 소리칩니다.
"자, 여러분! 식사 시간입니다."

먹고 마시고 춤추는 일이 밤새도록 이어집니다.
밤 열두 시가 되자, 어린 들쥐들은 모두 집에 돌아가
잠자리에 듭니다.

아이들을 재우고 어른들은 다시 얼음 강당으로
돌아옵니다. 까치수염 아저씨는 뜨거운 나무딸기잎차를
만들어 돌리고, 춤은 점점 더 빨라집니다.

얼음 축제는 동이 틀 때까지 계속됩니다. 이제 악단들도
지치기 시작합니다. 얼음 기둥도 녹아 물이 떨어집니다.
어른 들쥐들도 피곤해서 더 이상 춤을 출 수가 없습니다.
그제서야 모두들 굴 속을 지나 집으로 돌아갑니다.
그리고 위층에 있는 따뜻한 침대 위로 올라갑니다.
　창 밖에는 다시 눈이 내리기 시작합니다.
　그리고 찔레꽃울타리 마을의 들쥐들은 모두 곤하게
잠이 듭니다……

THE

THE
CHESTNUT WOODS

Little hornbeam

Crabapple
Cottage

T H E   F

Blackberry Patch

Bramshy
Hedge

N

Rabbit holes,